VENTE

POUR CAUSE DE DÉPART

HOTEL DROUOT, SALLE N° 6

Le Lundi 12 Novembre 1906

à deux heures

Mobilier Artistique

APPARTENANT A MADAME X...

ARTISTE DRAMATIQUE

EXEMPLAIRE DE H. STETTINER

COMMISSAIRE-PRISEUR

Me LAIR-DUBREUIL

EXPERTS

MM. PAULME & B. LASQUIN FILS

CATALOGUE

D'UN

MOBILIER ARTISTIQUE

Meuble à hauteur d'appui de GROHÉ. — Commode. — Bureaux.
Grand Lit. — Tables variées de SORMANI. — Bibliothèque. — Paravents.
Consoles. — Armoires. — Toilette. — Glaces.

PIANO DEMI-QUEUE DE PLEYEL

Poudreuse et Console d'époque Louis XVI

SIÈGES

Meuble de salon en tapisserie d'Aubusson

LIT DE REPOS. — CHAISE-LONGUE. — BERGÈRES. — FAUTEUILS,
CHAISES GARNIES EN SOIE ET EN VELOURS DE LA MAISON CAZE.

BRONZES D'ART ET D'AMEUBLEMENT

Sculptures. — Porcelaines

TABLEAUX MODERNES

AQUARELLE, PAR CHAPLAIN

Dessins. — Gravures anciennes

TAPISSERIES — TENTURES — TAPIS D'ORIENT

MEUBLES COURANTS

Appartenant à Madame X..., Artiste Dramatique

ET DONT LA VENTE AURA LIEU POUR CAUSE DE DÉPART,

HOTEL DROUOT, SALLE Nᵒ 6

Le Lundi 12 Novembre 1906, à deux heures

COMMISSAIRE-PRISEUR	EXPERTS
Mᶜ LAIR - DUBREUIL	MM. PAULME ET B. LASQUIN FILS
6, rue de Hanovre	10, rue Chauchat | 12, rue Laffitte

EXPOSITION PUBLIQUE

Le Dimanche 11 Novembre 1906, de 2 heures à 5 heures 1/2

U. C 5412

CONDITIONS DE LA VENTE

Elle sera faite au comptant.

Les adjudicataires paieront *dix pour cent* en sus des enchères.

L'exposition mettant le public à même de se rendre compte de l'état et de la nature des objets, il ne sera admis aucune réclamation une fois l'adjudication prononcée.

Paris. — Imp. de l'Art, E. Moreau et Cie, 41, rue de la Victoire.

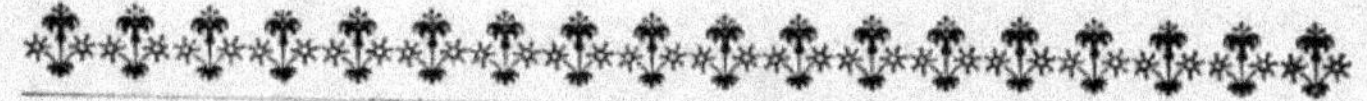

DÉSIGNATION

TABLEAUX

BAX (Léon)

100   1 — *Nymphe au bord d'un étang.*

Pastel signé.

CHAPLIN (Ch.)

2 — *Les Pigeons favoris.*

1.250

Charmante aquarelle de forme ovale.
Signée.

TROUILLEBERT

180   3 — *Vache au pré.*

Toile.

Haut., 45 cent.; larg., 54 cent.

TROUILLEBERT

4 — *Paysage, bord de rivière.*

150

Toile

Haut., 45 cent.; larg., 36 cent.

TROUILLEBERT

400

5 — *Le Passeur*.

Toile.

Signée à gauche.

Haut., 35 cent.; larg., 58 cent.

ÉCOLE MODERNE

6 à 10 — Plusieurs dessins encadrés.

Études au crayon ou à la sanguine.

850

11 — Deux gravures en couleurs d'après Challe, par Descourtis : *L'Amant surpris*. *Les Espiègles*.

Très belles épreuves avec marges. Encadrées.

12 — Deux gravures noires encadrées : *Zéphyre et Flore*. *Les Blanchisseuses italiennes*.

Cadres en bois sculpté, doré.

190

13 — Gravure en couleur, d'après Challe par Chaponnier : *Quand l'Hymen dort, l'Amour veille*.

Sans marge. Encadrée.

14 — Deux gravures d'après J.-M. Moreau le Jeune. et Cochin : *Décoration du Sacre de Louis XVI*. *Fête à Versailles*.

Encadrées.

15 — Deux gravures d'après J.-M. Moreau le Jeune : *Le Bal masqué*. *Le Festin royal*.

Encadrées.

16 — Deux gravures en noir, d'après LAWREINCE.
Le Billet doux. Qu'en dit l'Abbé.

> Estampes incomplètes. Encadrées.

17 — Deux gravures en couleur, d'après J.-B. HUET,
par L. BONNET : *L'Amant écouté. L'Éventail
cassé.*

> Remargées et encadrées.

18 — Gravure à la sanguine, d'après C. VANLOO :
Académie d'Homme.

> Encadrée.

19 — Gravure d'après LE GUIDE : *Le Char de l'Au-
rore.*

> Encadrée.

SCULPTURES, PORCELAINES

480   20 — Groupe de deux enfants en marbre blanc.

260   21 — MADRASSI : *la Vague.*
         Statuette en marbre blanc.

Haut., 55 cent.

22 — FRANCESCHI (J.) : *la Fortune.*
         Statuette en cire.

23 — Buste de femme Louis XVI en marbre blanc. Socle en bois, recouvert d'étoffe brochée.

24 — Groupe en terre cuite : Berger et Bacchante.

260   25 — Support en marbre onyx vert, formé de quatre colonnettes à chapitaux et bases en bronze doré, posant sur un socle mouluré ; entablement à tablette mobile.

125   26 — Paire de vases-cornets, avec renflement médian, en porcelaine du Japon, décorée en couleur et dorure.

160   27 — Deux vases en vieux Chine, décorés, l'un de fleurs, l'autre d'un paysage en polychrome.

230   28 — Deux vases en vieux Chine, décorés, en émaux de couleurs, de fleurs, d'arbustes et d'oiseaux.

29 — Paire de potiches couvertes en faïence, genre Delft ; décor bleu, à personnages.

30 — Vase en faïence bleue du golfe Juan.

BRONZES

31 — Paire de candélabres en bronze et bronze doré, à figures de bacchantes, d'après Clodion, portant des bouquets à cinq lumières ; socles en marbre rouge, décorés de frises en bronze doré.

32 — Statuette en bronze : *Salomé*, de CHARLES LÉVY.

Haut., 80 cent.

33 — Statuette en bronze patiné (disposée pour l'éclairage électrique) : *Vainqueur*, par ÉMILE LAPORTE.

34 — Petite pendule en marbre blanc et bronzes dorés d'époque Louis XVI, cadran de Cronier, à Paris.

35 — Paire de petits candélabres à figures d'amours, tenant deux lumières en bronze doré, sur socles en marbre blanc. Style Louis XVI.

36 — Pendule-cartel en forme de lyre enrubannée et enguirlandée de laurier. Bronze de style Louis XVI.

37 — Paire de girandoles à quatre lumières en bronze argenté, de style Louis XV.

38 — Lustre en bois doré, à enfilage de cristaux taillés, renfermant trois lumières électriques.

39 — Suspension électrique, à trois lumières, en bronze.

40 — Plafonnier électrique, bronze et cristaux.

41 — Lambrequin en cristaux, disposé pour l'éclairage électrique d'une glace.

42 — Paire de chenets en bronze doré, de style Louis XVI, à cariatides d'enfants frileux.

43 — Paire de chenets en bronze, de style Louis XVI; modèle à sphynx.

44 — Pelle et pincette, avec poignées en bronze.

45 — Paire de chenets en bronze doré, de style Louis XVI; modèle à vases enguirlandés.

46 — Garde-feu, avec galerie; modèle à vases enguirlandés.

47 — Paire de grands landiers en fer forgé, avec barre de foyer, pelle et pincettes.

48 — Garniture de foyer et galerie en cuivre.

49 — Porte-pelle et pincettes, munis de ses ustensiles, en fer et cuivre.

MEUBLES, SIÈGES

50 — Meuble à hauteur d'appui en bois d'acajou
moucheté, garni de bronzes ciselés et dorés, de
style Louis XVI. Il ouvre à trois vantaux décorés de guirlandes, de vases, de couronnes de
fleurs et de draperies en bronze ; les montants
sont ornés de trophées d'instruments de musique finement ciselés. Dessus en marbre brèche.
Signé : *Grohé*.

1.175

51 — Commode en acajou et bois d'amaranthe,
ouvrant à cinq tiroirs, et ornée d'une frise, de
poignées de tirage, de rosaces et de moulures
en bronze doré ; montants à consoles, pieds à
griffes en bronze. La partie centrale simule un
panneau présentant un vase en marqueterie de
bois. Dessus en marbre Languedoc. Style
Louis XVI. *Maison Sormani*.

1.560

52 — Bureau plat à quatre faces, de style Louis XV,
en bois de placage, ouvrant à trois tiroirs dans
la ceinture, avec dessus en maroquin. Il est
orné de bronzes ciselés et dorés. *Maison Sormani*.

900

53 — Bibliothèque, de style Louis XV, en bois de
placage, ouvrant à deux portes grillagées et
ornées de bronzes ciselés et dorés.

1.000

450

54 — Petit bureau de dame en acajou ciré et marqueterie de bois, garni de bronzes ciselés et dorés ; le fond formant écran à feuille de soie brochée. Style Louis XVI.

355

55 — Petit meuble sur quatre pieds en acajou, ouvrant à un vantail à ornements et moulures en bronze ciselé et doré. Dessus de marbre, socle en panne rose. Style Louis XVI.

800

56 — Table poudreuse en bois de placage, d'époque Louis XVI, décorée de fleurs en marqueterie de bois, garniture de bronzes dorés.

2.600

57 — Grand lit en acajou ciré, à filets de bois noir, orné de bronzes ciselés et dorés ; fronton, en forme d'arc, supportant une torche, un carquois et une couronne de fleurs en bronze ; au pied, une guirlande de fleurs et un feston de rubans également en bronze doré. Style Louis XVI. Avec sa literie. *Maison Sormani.*

1.250

58 — Piano demi-queue en bois noir, de *Pleyel.*

365

59 — Petite table de chevet, de forme ovale, en bois satiné et garnie de bronzes dorés ; tablette d'entrejambe et dessus en marbre à galerie de cuivre. Style Louis XV. *Maison Sormani.*

400

60 — Table analogue à la précédente. *Maison Sormani.*

61 — Table à jeu, de style Louis XV, en bois de placage, avec dessus mobile ouvrant à quatre volets en triangles. Elle est ornée de bronzes ciselés et dorés. *Maison Sormani.*

62 — Petite table en bois de rose et palissandre, sur quatre pieds cambrés.

63 -- Petite table-guéridon, à colonnettes, en acajou ciré, avec tablette d'entrejambe à galerie de cuivre ; dessus en marbre. Style Louis XVI.

64 — Très petite table Louis XV en marqueterie de bois de placage, ouvrant à trois tiroirs.

65 — Petite table ronde, de style Louis XVI, en marqueterie de bois de placage, avec tiroir à la ceinture, à quatre pieds carrés en gaines et tablette d'entrejambe.

66 — Petite table rognon, de style Louis XV, en marqueterie de bois de placage, avec tiroir à la ceinture, à quatre pieds cambrés et tablette d'entrejambe.

67 — Petite table ovale, de style Louis XV, en marqueterie de bois de placage, ouvrant à tiroir, à quatre pieds et tablette d'entrejambe.

68 — Table de bouillotte Louis XVI en acajou moucheté, sur quatre pieds cannelés.

69 — Table à soda circulaire, à quatre pieds et entrejambe, en chêne verni. *Maison Linton*.

70 — Table à thé, de forme circulaire, à quatre pieds et croisillon, avec deux plateaux dont un mobile, en marqueterie de bois de couleur.

300

71 — Paravent à trois feuilles en bois sculpté et doré, le bas en soie brochée, le haut à glaces et moulures appliquées. Style Louis XVI.

360

72 — Paravent à quatre feuilles, de style Louis XV, en bois sculpté doré ; la partie supérieure avec glaces biseautées, la partie inférieure garnie de soie brochée à fleurs.

73 — Paravent à trois feuilles garnies de soie brochée, fond rose, le haut à médaillons et gravures ; monture en bois sculpté peint blanc, de style Louis XVI.

320

74 — Ecran en bois sculpté et doré, de style Louis XVI, feuille décorée de broderies au passé et au point de chaînette, appliquées sur fond de satin crème.

270

75 — Ecran en acajou, de forme rectangulaire, orné de bronzes ciselés et dorés ; feuille ovale en soie brodée au passé : vase de fleurs. Style Louis XVI.

525

76 — Deux consoles ou dessertes à pieds en colonnettes et fond de glace, avec tiroir à la ceinture,

en acajou et bronzes ; tablette inférieure et
dessus en marbre blanc. Style Louis XVI.

77 — Deux petites armoires, ouvrant à une porte,
en acajou, avec encadrements sur trois faces de
moulures en bronze doré, et dessus de marbre.
Style Louis XVI.

78 — Console, forme demi-lune, en bois sculpté et
doré, d'époque Louis XVI, modèle à entrelacs
et guirlandes de feuillages. Dessus de marbre
blanc.

79 — Glace-trumeau en bois peint blanc et doré,
décorée dans la partie supérieure d'une couronne
de fleurs en bois sculpté, encadrant une peinture
à sujet champêtre.

80 — Glace-trumeau à encadrement blanc et or,
décoré d'un panneau peint : guirlande de fleurs.

81 — Glace haute à encadrement de bois sculpté et
doré, fronton à vase et guirlandes de feuillage.
Style Louis XVI.

82 — Grande psyché, à trois faces et cinq glaces,
en bois laqué blanc.

83 — Petite table ovale en bois sculpté et doré, sur
quatre pieds à consoles, avec tablette d'entrejambe cannée ; dessus de marbre onyx. Style
Louis XVI.

81 — Table-guéridon, de style Louis XVI, à trois pieds et tablette en bois sculpté. Dessus de marbre à damier.

85 — Petit bahut, ouvrant à porte et tiroir, en bois sculpté. XVIIe siécle.

86 — Table à coiffer ou poudreuse en bois sculpté peint en blanc, de style Louis XVI, avec parties cannées et glace ovale biseautée.

87 — Petite console d'entre-deux en bois sculpté peint gris, à dessus de marbre bleu-turquin adossé à une glace haute à encadrement sculpté et peint gris. Style Louis XVI.

88 — Grand porte-manteaux et parapluies en bois laqué blanc, panneau central à glace, ceux des côtés garnis de canne.

89 — Toilette à réservoir avec tablettes, en marbre et bois laqué blanc.

90 — Deux glaces rectangulaires, avec cadres laqués en blanc.

91 — Table de salle à manger, à quatre pieds et trois allonges, en acajou.

92 — Armoire à linge, ouvrant à portes à coulisse, en pitchpin.

SIÉGES

93 — Meuble de salon en bois sculpté, peint blanc et doré, de style Louis XVI, garni en tapisserie d'Aubusson, présentant, sur les siéges et aux dossiers, des corbeilles de fleurs et des instruments de musique sur fond gris; contre-fond rouge. Il se compose de : un canapé, quatre fauteuils, un fauteuil bas, quatre chaises et deux tabourets de pieds.

94 — Canapé ou lit de repos, de style Louis XV, en bois sculpté ciré. Il est garni et muni de trois coussins en damas rouge. *Maison Caze.*

95 — Chaise-longue en bois sculpté et doré, de style Louis XVI, garnie en velours frappé, ton vieux rose. *Maison Caze.*

96 — Bergère à oreilles, de style Régence, en bois sculpté ciré. Elle est garnie et munie d'un coussin en velours. *Maison Caze.*

97 — Bergère à oreilles, de style Louis XV, en bois sculpté ciré, avec siège canné. Elle est garnie et munie d'un coussin en soie brochée à fleurs. *Maison Caze.*

98 — Fauteuil en bois sculpté et doré, d'époque Louis XVI, garni de velours frappé, ton vieux rose.

99 — Fauteuil de bureau, de style Louis XV, en bois sculpté, avec siège canné. Il est garni et muni d'un coussin en velours. *Maison Caze.*

100 — Deux chaises cannées, de style Louis XV, en bois sculpté ciré. Elles sont munies de coussins en damas rouge. *Maison Caze.*

101 — Deux chaises en bois sculpté et doré, de style Louis XVI, garnies de velours frappé, ton vieux rose. *Maison Caze.*

102 — Grand canapé, de style Louis XVI, en bois peint gris, garni de canne, avec coussins de siège et de côtés en velours frappé jaune.

103 — Fauteuil à poudrer, à dossier bas, de style Louis XVI, en bois sculpté, peint en blanc.

104 — Huit chaises, à siège et dossier cintrés, en bois sculpté peint, recouvertes de damas jaune, Époque Louis XVI.

105 — Petite banquette en bois peint blanc et doré, garnie de canne, style Louis XVI, avec coussin en velours ciselé, fond lilas.

106 — Deux chaises en bois sculpté peint gris, de style Louis XVI, foncées de canne, avec coussin en velours frappé jaune.

TAPISSERIES
TENTURES. — TAPIS D'ORIENT

107 — Panneau en ancienne tapisserie d'Aubusson, représentant, dans un paysage, une bergère causant avec un chasseur assis auprès d'un monument. Bordure simulant un cadre.

108 — Portière en ancienne tapisserie d'Aubusson, verdure avec volatiles. Bordure simulant un cadre. XVIIIe siècle.

109 — Petite portière en ancienne tapisserie d'Aubusson, verdure et habitation.

110 — Encadrement de baie en tapisserie, de style XVIIIe siècle.

111 — Tenture en damas de soie rouge, à ramages, composée de trois grands panneaux et deux petits.

112 — Quatre rideaux et deux portières en tapisserie d'Aubusson, à décor de fleurs sur fond gris.

113 — Ciel de lit, rideaux de lit et deux décors de fenêtres en satin crème brodé, au point de chaînette, de branches de fleurs et de feuillage.

114 — Carpette d'Aubusson, fond rouge, médaillon central et encadrement à fleurs sur fond gris.

115 — Dessus de piano en ancien brocart, fond crème et peluche rose.

116 — Carpette orientale rectangulaire, fond blanc, écoinçons et bordure à fond rouge.

117 — Carpette orientale, fond gris, à dessin polychrome.

118 — Carpette d'Orient rectangulaire.

119 à 121 — Trois petits tapis d'Orient, à dessins variés.

122 — Meubles courants, Tapis, etc.

RED. :

17

BIBLIOTHEQUE
NATIONALE
DE FRANCE

****

CHATEAU
DE
SABLE

1996